AF234376

FÊTES
DE
BASVILLE.

chateau de M. de Lamoignon
P.G. au Parlement
1770.

CHANSON

Sur l'Air : *Il eſt pris, il eſt pris.*

Graces à cette vacance
Nous pouvons fêter avec aiſance
Un des premiers de France,
Magiſtrat de renom,
Lamoignon, Lamoignon, Lamoignon.
Ah l'agréable Nom !
Il eſt noble, il eſt bon ;
Les François le chériſſe,
Ils en reçoivent bonne Juſtice,
A tous il eſt propice ;
Chacun dit, c'eſt un grand
Préſident, Préſident, Préſident.

Amis, que l'on s'apprête,
Aſſemblons-nous pour lui faire fête ;
C'eſt un Homme de tête
Qui vient ſe réjouir
A loiſir, à loiſir, à loiſir.
Quand il eſt au Palais
Au milieu des Procès,

Il décide, il ordonne ;
Si tu voyois, comme on l'environne
Cette chere Personne
A beaucoup d'embarras
Sur les bras, sur les bras, sur les bras.

Bergers venez redire
Avec vos Bergeres sur la lyre
Ce que le zele inspire
Pour un Membre du grand
Parlement, Parlement, Parlement.
Qu'il vive cinq cents ans,
Que, dis-je, plus long-temps ;
Puissions-nous à Basville
Dans son Château, ce charmant asyle ;
Voir d'un œil bien tranquille
Toujours en bonne humeur
Ce Seigneur, ce Seigneur, ce Seigneur.

Les vacances font cause
Que son brillant esprit se repose,
Je voudrois & je n'ose
Lui faire un compliment,
Mais coment, mais comment, mais coment.
En aurai-je le sens,
Il n'aime pas l'encens :
Non, non, j'aime mieux boire

A ce Magiſtrat couvert de gloire ;
Pour en avoir mémoire
Saluons en gaité
Sa ſanté, ſa ſanté, ſa ſanté.

F I N.

FÊTES

DE

BASVILLE.

CHANSON

Sur l'Air : *Liſon dormoit dans le...*

NOus vous prions , faites ſilence ,
Ecoutez bien cette chanſon ,
Elle eſt faite en conſéquence
Pour le Maître de la maiſon :
Il eſt aimé par toute terre ,
Depuis Paris juſqu'au Japon ,
C'eſt Lamoignon , c'eſt Lamoignon ;
Il eſt auſſi grand que ſon Pere :
Vive leur nom , vive leur nom ,
Il rime à celui des Bourbon.

Villageois quittez la montagne
Avec une gaillarde humeur ,
Venez auſſi de la campagne
Pour rendre homage à ce Seigneur :
Recevez notre révérence ,
Nos reſpects & vœux les plus doux ,
Reſtez chez vous , reſtez chez vous.
Ah déſirons-nous votre abſence ?
Non , vos Vaſſaux , non , vos Vaſſaux ;
Ne ſont jarnigoi pas ſi ſots.

Basville n'est plus agréable
Quand Monseigneur est à Paris ;
Mais que ce séjour est aimable,
Sitôt qu'il vient dans le pays :
Autour du château nos fillettes
Avec les plus jolis garçons,
Comme ils chantons, comme ils dansons ;
Et font sauter leur chemisette :
Dame ils chantons, dame ils dansons,
Et puis après ils s'embrassons.

Les bonnes femmes du Village
Et les vieillards également,
Viennent leur dire : allons, courage,
Prenez du divertissement,
Monsieur notre Curé peut-être
N'en prendra pas mauvaise humeur ;
C'est en l'honneur, c'est en l'honneur,
De voir ici notre bon Maître,
C'est en l'honneur, c'est en l'honneur,
Du plus judicieux Seigneur.

F I N.

FÊTES

DE

BASVILLE.

CHANSON

Sur l'air : *Vive Henri, vive Henri.*

VOus rempliſſez nos eſpérances,
Préſident d'une noble Cour ,
Nous en rendons graces aux vacances ,
Le temps va paſſer comme un jour ;
L'honnéur vous careſſe ,
Nous voulons le ſuivre par-tout ;
Grand Lamoignon avec votre ſageſſe
Vous avez tout , vous avez tout.

On vous voit en main la balance ,
La Juſtice eſt dans votre cœur
De notre Juriſprudence ,
Vous pouvez en être l'auteur :
Zélé pour l'étude ,
Vous fourez votre eſprit par-tout ,
L'intégrité vous ſuit d'habitude ,
Vous avez tout , vous avez tout.

L'amitié de toute la France ,
Et l'eſtime de votre Roi ,
Vous poſſédez ſa confiance ,
Nous ſavons la raiſon pourquoi.

Prudent, équitable
Et bon de l'un à l'autre bout;
Noble fierté & févere & traitable;
Vous avez tout, vous avez tout.

La Puiffance & la Renommée
Vous font fans ceffe les doux yeux,
Votre tête en eft couronnée,
Comme vos célebres Ayeux :
C'eft une richeffe
Qui flatte l'ame & le bon goût :
En vous brille fortune & nobleffe,
Vous avez tout, vous avez tout.

F I N.

FÊTES

DE

BASVILLE.

CHANSON

Sur l'Air : *Le bruit des roulettes, &c.*

AImable Seigneur de Basville,
Maître absolu de ce séjour,
Permettez-nous dans votre asyle
De vous partager notre amour :
Voyez des filles innocentes,
Sitôt qu'on leur parle-d'amants,
Nous venons tremblantes,
Le cœur nous fend,
Nous venons tremblantes,
Le cœur nous fend.

Les demoiselles de la ville
Ne font pas refus de cela ;
Bien plutôt que nous à Basville,
Ces mignonnes passent par-là :
Pour moi l'amour ne me tourmente
Que quand j'apperçois mon galant,
Je deviens tremblante,
Le cœur me fend,
Je deviens tremblante,
Le cœur me fend.

C'eſt un blondin par trop volage ;
Je ne l'aime qu'un petit brin ;
Quand je défends le badinage ,
Le drôle en paroît tout chagrin :
Si je feins d'être mécontente ,
Il m'abandonne en murmurant ,
Je deviens tremblante ,
Le cœur me fend ,
Je deviens tremblante ,
Le cœur me fend.

Monſeigneur , c'eſt donc quand on aime
Qu'on ne voudroit pas ſe quitter :
Hélas ! ce ſera tout de même
Quand vous voudrez vous en aller :
D'avance ſi je me préſente
Ce départ , comme mon amant ,
Je deviens tremblante ,
Le cœur me fend ,
Je deviens tremblante ,
Le cœur me fend.

F I N.